Les Calembours sont de toute antiquité.
Ciceron les aimoit assés et s'en permettoit devant le sénat et le peuple Romain.

Journal du 5. Septembre 1776.

LETTRE

A MONSIEUR

DE LA HARPE,

OU

OBSERVATIONS CRITIQUES,

SUR SON JOURNAL;

Par DAVID*** ſon Ami.

A LONDRES.

1777.

LETTRE
A M. DE LA HARPE,

Ou Observations critiques sur son Journal;

Par DAVID *** *son ami.*

MON premier dessein, très-féal & cher ami, avoit été d'analyser votre Journal depuis l'époque où vous avez commencé à y consacrer vos veilles, jusqu'à ce moment : je m'explique: j'avois voulu d'abord réfléchir sur chacun de vos Numéros, depuis le 5 août 1776 jusqu'au 5 juin 1777, & faire part ensuite au Public de mes observations; je les aurois continuées de mois en mois, tant que vous y auriez donné matiere : mais la longueur de ce travail m'a découragé, & je me borne aujourd'hui à une simple Lettre.

Il faut auparavant vous tranquilliser.... Je ne parlerai ici que du Journal de *Littérature*, *le seul dont vous soyiez l'Auteur*, *le seul dont vous soyiez responsable.... Vous êtes absolument étranger à la partie Politique*, *comme vous l'étiez à tous les articles du Mercure qui n'étoient pas signés de vous*.... Je n'ai point envie de vous *obliger à répéter* ce que vous avez dit plus d'une fois : je suis encore moins *obstiné à oublier* ce que vous *répétez* si souvent.

De plus, il faut vous consoler.... On prétend, je ne sçais pourquoi, que vous avez lieu d'être affligé de l'énorme diminution du nombre de vos Souscripteurs : je puis vous assurer que chaque Lecteur qui aura sous les yeux la Lettre que je vous adresse, courra aussitôt s'inscrire sur les registres du sieur Pankouke.... D'ailleurs, autre motif de consolation.... Le Philosophe ne doit pas écouter les raisons d'intérêt ; la gloire est le mobile des grands Hommes.... Eh! qui fut jamais aussi Philosophe, aussi grand Homme que vous ?

D'après ces marques de mon sincere attachement, je vous crois disposé favorablement à m'écouter. Les différentes divisions de cette Lettre vous feront peut être imaginer que cet ouvrage auroit dû plutôt être intitulé : *Discours à M. de la Harpe*, que *Lettre à M. de la Harpe* : Je vous permets à cet égard de penser comme il vous plaira, & même de m'accuser d'ignorer le *mot propre*. Ce que vous lirez d'un bout à l'autre est preuve & preuve incontestable, & a par conſéquent exigé une diſcuſſion étendue.... Auſſi j'ajoute enſuite : *ou Obſervations critiques ſur ſon Journal.* Ceci me ſervira d'excuſe.

Ne conſidérez pas cette Lettre ſous les traits du *mille & deuxieme Libelle* contre vous : ne la regardez au contraire que comme un avis continuel que mon amitié & ma délicateſſe ont oſé ſe permettre.... Jamais la haine & le reſſentiment n'ont envenimé ma plume ; jamais contre aucun Auteur je n'ai ſçu manier ces cruelles armes.... & ce feroit encore bien moins contre vous, mon ami, que j'en lancerois les traits.... Si, par haſard, quelques-unes de mes expreſſions vous paroiſſent malignes, ne vous y trompez pas : ou c'eſt ſeulement de la plaiſanterie, ou vous-même me forcez abſolument à me mettre en colere.

Je commence par tranſcrire quelques-unes de vos phraſes qui m'ont paru ſuſceptibles d'intéreſſer par leur étonnante ou ſinguliere ſtructure : je tâcherai de vous en découvrir les vices eſſentiels.... J'ai cru devoir être obligé à vous rendre ce ſervice ; & puis, comme partie du Public, il ne m'eſt point défendu de dire mon avis ſur un Journal que je lis & que je paie aſſez cher pour m'égayer à ſes dépens.

Afin que vous ſaiſiſſiez avec clarté le plan de cette Lettre, intitulons chaque article.

ARTICLE PREMIER.

Phrases à la Harpe.

Il y a peu de jeunes gens qui n'aient été tentés de faire un Coriolan, parce que ce sujet présente une belle scène que tout le monde voudroit faire..... Si M. Gudin surmonte les difficultés, il aura fait ce que nul autre n'avoit pu faire avant lui.... Dans ces quatre lignes, le mot *faire* est employé quatre fois : cette répétition gratuite ne prouve pas la disette de la langue, puisqu'il y avoit vingt synonymes à y substituer ; mais bien un défaut de pureté & d'élégance joint à l'abus de langage.

Dans la même page, on trouve encore le mot *vif* trois fois : *intérêt vif, passion vive, goût vif.* En vérité, vous êtes d'une *vivacité* dont rien n'approche.

L'amour-propre donne la clef de toutes les poétiques du jour.... Une apostille au bas de la feuille auroit dû *donner la clef* de cette phrase qu'il est impossible de comprendre.

Les idées que M. Mercier met dans la bouche de Moliere ne sont pas moins étranges que ses expressions... Autrefois un Médecin ignare disoit: *Le cœur qui est à droite, & le foie qui est à gauche.* Aujourd'hui un sçavant Académicien dit : *Les idées qui sont dans la bouche.* Où placera-t-il les expressions... ? dans l'imagination sans doute.... Parlez-lui de votre surprise, il répondra : *Il est vrai ; jadis c'étoit autrement, mais depuis, nous avons changé tout cela.* . . . .

Le Dictionnaire Dramatique auroit eu beaucoup plus de mérite, s'il eût été dégagé des compilations qui l'étouffent. Cet *étouffement* causé par des *compilations* est bien étrange.... L'heureuse métaphore !

On ne s'intéresse jamais sur la scène à un Amant qu'on est sûr qui sera rebuté.... Qu'il est étonnant que vous commettiez des fautes si graves ! Que veut dire ce *qu'on est sûr qui ?* Sans se récrier sur la dissonnance effroyable de ces quatre mots, la phrase est-elle françoise ? les deux relatifs ne péchent-ils pas contre les premiers principes ? pourquoi les employer, puisque l'idée pouvoit être exprimée plus aisément & naturellement ainsi ? *On ne s'intéresse jamais sur la scène à un Amant* qu'on est sûr devoir être rebuté, ou qui sera sans doute rebuté. . . .

Je trouve encore : *Étouffer le bon sens.* Quoi ! ne vous déferez-vous jamais de l'usage abusif des figures ? Avant d'écrire, apprenez au moins où il est permis de les tracer.

De quatre ou cinq volumes de pieces de théâtre de M. de Sainte-Foix, il n'y en a que deux qui aient furnagé. Il falloit donc dire auparavant, que toutes les autres étoient tombées au fond des eaux : vous vous ſeriez ménagé une allégorie.... Dans quels écarts, je le répete, peut entraîner le faux uſage que vous faites de vos figures !

Autre exemple de cette vérité : *L'on ſent que M. de Sainte-Foix a écrit avant l'inondation du mauvais goût.... L'inondation du mauvais goût !...* Francaleu, comme vous le dites quelque part, s'écrieroit :

C'eſt que cela jamais n'a rien dit comme un autre.

On appelle Comédie un ouvrage qui n'a mérité d'échapper à l'oubli que par deux ou trois morceaux de poéſie énergique que l'on diſtingue dans un amas de deſcriptions ampoulées & dégoûtantes, comme on diſtingue quelques arbres épars çà & là dans une plaine couverte des laves d'un volcan. Le Lecteur ne s'attendoit pas à cette merveilleuſe comparaiſon qu'il eſt néceſſaire d'apprécier à ſa juſte valeur. Vous paroiſſez ſi peu inſtruit de tout ce qui s'appelle figure rhétorienne, que je veux bien m'ériger ici par rapport à vous ſeul en docte Profeſſeur de cette partie de l'éloquence. La principale qualité de la comparaiſon eſt d'être juſte, c'eſt-à-dire de pouvoir s'appliquer à la choſe dont elle devient, pour ainſi dire, le ſynonyme : or, conſidérez avec moi cette *plaine couverte des laves d'un volcan*, où *l'on diſtingue quelques arbres épars çà & là ;* distinguez ensuite *les deux ou trois morceaux de poésie dans un amas de descriptions ampoulées & dégoûtantes* ; y remarque-t-on le moindre rapport ?.... Concevez mieux une autre fois les membres comparatifs de vos périodes, & vous vous épargnerez la honte de vous entendre répéter forcément ce qu'on vous apprenoit, lorsque vous étiez sujet à la férule collégiale.

Porté de bonne heure dans la meilleure compagnie ; le mot *porté*, est-il là le mot propre ?

*Les Confessions du Comte de****, par M. Duclos, *ne sont qu'une galerie de portraits tous supérieurement tracés.* A présent, un ouvrage est une *galerie*.... Autrefois on parloit un langage plus simple, plus épuré ; mais depuis *tout est changé*... Il faut avouer aussi qu'un Académicien, obligé de produire trois fois le mois, ne peut travailler que *currente calamo*, & passer rapidement sur les *galeries*.

Il est rare qu'on ait rassemblé un plus grand nombre d'idées justes & fines dans des cadres plus ingénieux.... Que *ce cadre ingénieux*, où l'on *rassemble des idées*, est original ! qu'il se trouve placé avantageusement ! l'invention en est nouvelle.... Dites après cela, Critiques impartiaux, que nos Auteurs modernes ne sçavent qu'imiter ou répéter ce qu'ont dit avant eux ceux des siecles précédens !

Plus les usages sont singuliers, plus on est curieux d'apprendre le pays où ils ont commencé à s'introduire... Apprendre le pays, me semble une expression frappante : Il faut avouer, avec une grande vérité, que la négligence de votre style & les défauts de votre diction sont impardonnables : Comment ! il étoit donc bien difficile d'ajouter *quel est !* Alors la phrase ainsi exprimée : *Plus on est curieux d'apprendre quel est le pays*, eût été françoise & je n'aurois eu nul reproche à vous faire... Je veux bien, comme vous voyez, ne vous accuser ici que d'une simple négligence : je ne suis pas méchant.

J'aimerois à me représenter un grouppe dans lequel la statue de M. Rousseau seroit couronnée par les mains d'un enfant que sa mere souleveroit jusqu'à lui, tandis qu'il souriroit à une autre femme qui allaiteroit le sien, & peut-être l'entourerois-je encore d'un chœur d'enfans qui s'amuseroient à tous les jeux de leur âge... Je crains que l'idée de ce chef-d'œuvre ne soit très-obscure, si vous ne l'avez pas mieux conçue qu'exprimée... A quoi se rapportent le *qu'il souriroit* & le *sien...* Il n'est pas aisé de s'appercevoir que le *qu'il* signifie *M. Rousseau*, & le *sien, son enfant...* Pour moi, qui ne suis pas à beaucoup près aussi scientifique que vous, *j'aimerois à me représenter la statue d'un enfant trouvé du Sénat littéraire de Paris*, *entourée* de gens de goût, qui déchireroient en souriant tous les ouvrages de cette même statue qu'on verroit verser encore des pleurs de rage & de désespoir... Quel grouppe intéressant!... Un Sculpteur habile pourroit exercer son talent, & le genre différent de chaque figure formeroit un ensemble digne du ciseau d'un Pigal.

Nous nous conformons aux desirs que nos Lecteurs ont généralement manifesté de ne jamais rencontrer dans ces feuilles aucun démêlé d'amour-propre, encore moins des combats d'injures. Vous est-il souvent arrivé de *rencontrer* en chemin des *démêlés, des combats d'injures?...* Quand cela seroit, vous auriez sûrement remporté la victoire : ce sont-là vos armes favorites.

Lorsque dans la fureur du ressentiment & dans les fougues de l'amour-propre affligé, des Ecrivains censurés ont la mal-adresse de taxer de fougue & de fureur des réflexions critiques, écrites avec sang froid, on voit trop clairement qu'ils cherchent à donner le change, à substituer une querelle à leur ouvrage, & à se sauver du ridicule par le scandale. Voilà ce qu'on appelle de l'emphatique, de l'inintelligible : Que signifient ces mots : *substituer une querelle à un ouvrage; se sauver du ridicule par le scandale?....* Illustre Académie, applaudissez-vous de votre choix : admirez l'élégance, la noblesse, la pureté de style du digne ſujet aſſis ſur un de vos trônes littéraires... Mon cher de la Harpe, ſi par une étrange biſarrerie du ſort, le Ciel me réſervoit la vaine gloire d'entrer un jour avec vous à une ſéance, je vous corrigerois de ce jargon empoulé dont vous faites parade, en vous érigeant en réformateur du langage.... Vous n'auriez de jetons que lorſque vous parleriez naturellement.

En écrivant ainſi, n'eſt-ce pas avertir de chercher de près ſa meſure & d'examiner ſa grandeur naturelle, en faiſant tomber l'échaffaudage giganteſque ſur lequel on s'efforce de la rehauſſer. Quel ſtyle, bon Dieu! quel fatras de mots! eſt-ce ainſi que devroit écrire un homme qui prêche contre l'enflure, & qui veut déterminer le bon goût?

Ce défaut eſt un de ceux qui reviennent plus dans la traduction de M. de Rochefort. Eſt-ce vous ou l'Imprimeur qui avez omis l'article *le*...? Cette faute vient ſans doute de vous ſeul, puiſque dans vos *errata* vous ne parlez point d'omiſſion.. En ce cas je parodie quelques vers d'Oroſmane, & je vous demande:

Etoit-ce un caprice? eſt-ce mépris d'un maître,
D'un juge qui pour toi veut renoncer à l'être?
Seroit-ce un artifice? épargne-toi ce ſoin,
L'art n'eſt pas fait pour toi.

Voltaire, le grand Voltaire a donc ignoré le terme propre, lorſqu'il fait dire à Œdipe:

Dans un chemin étroit je trouvai deux guerriers
Sur un char éclatant que traînoient deux courſiers.

Car ſelon vous, *les courſiers ne traînent pas un char, mais l'enlevent, l'emportent.*

Ce conflit de menaces & de cris qui s'entrechoquent n'inſpire point la terreur que l'on doit reſſentir, lorſqu'on voit en préſence deux hommes tels qu'Achille & Agamemnon.... Les chœurs de l'Opera d'Iphigénie ſont *ce conflit de menaces & de cris qui s'entrechoquent.* Il eſt bon d'en prévenir le Lecteur qui ne s'en doutoit ſûrement pas.

Une mort prématurée ne lui a pas donné le tems de développer un véritable talent... Qui auroit cru juſqu'ici que la *mort* pût nous *donner le tems* de vivre? Le mot *donner* eſt-il le mot propre? (car il faut toujours en revenir-là.) N'auriez-vous pas dû dire: *Une mort prématurée lui a dérobé le tems, &c*? Il me ſemble qu'il y auroit eu plus de clarté.

Les Muſes auroient dû faire un Hymne à la Santé, pour obtenir que madame Laruette embellît encore long-tems le théâtre de ſes triomphes... Qu'il ſeroit agréable de pouvoir *faire des Hymnes* à la Déeſſe *Santé*, ſi de bonne-foi on étoit perſuadé du ſuccès! Ce ſeroit à vous à qui l'on devroit cette heureuſe découverte ; & malgré la chûte alors certaine de l'empire médicinal ; le genre humain vous éleveroit plus d'un autel, plus d'une ſtatue... Mais hélas ! les grands maux qui nous accablent ſont preſque toujours ſans remede : la mort, la cruelle mort nous prive de nos alliés, de nos amis, de nos concitoyens : en vain nous formons des vœux & *faiſons des Hymnes*... Vous n'aurez donc point d'autels, point de ſtatue : un jour viendra que le fatal ciſeau de la Parque inhumaine tranchera le fil de vos beaux jours ; j'oſe même vous prédire qu'alors & *votre Journal*, & *vos Diſcours*, & *vos Eloges* périront avec vous... Je vais plus loin & je pénetre encore mieux dans les ſecrets de l'avenir : ſi le terme de votre brillante carriere étoit fixé à l'époque de l'oubli de vos ouvrages, vous verriez déja, comme un ſecond Denys le tyran (en Littérature), le glaive meurtrier ſuſpendu ſur votre tête altiere... Mais

Revenons, le tems vole & s'enfuit ſans retour.

Ce n'eſt pas qu'il faille moins de peines qu'autrefois pour pénétrer dans le ſanctuaire de la ſcience : mais au moins on ne voit plus ſur le ſeuil les monſtres qui s'y préſentoient en épouvantail, & l'on peut cauſer ſous les portiques avec des hommes de bonne compagnie. Arrêtons-nous à cette phraſe *monſ-*

ineuse. D'abord, quel amas confus de termes recherchés! *Sanctuaire*, *ſeuil*, *monſtre*, *épouvantail*, *portiques!* Enſuite à quoi faites-vous rapporter le mot *ſeuil?* eſt-ce à *ſanctuaire* ou à *ſcience?* Il ne peut s'appliquer ni à l'un ni à l'autre: *ſeuil* fait partie de *porte*, & n'a nul rapport avec une expreſſion autre que *porte*: or, ni le *ſanctuaire*, ni la *ſcience* ne ſont *portes*: le mot *ſeuil* eſt donc impropre & devient un mot abſolument vague dans le ſens où vous le prenez: *Ergo* vous ignorez.... Alte-là la conſéquence.

L'on juge que les études de M. Sablier ont été bien digérées, parce qu'elles donnent un produit lumineux: Il eſt difficile au Lecteur de *digérer* cette phraſe, & le *produit* qu'elle *donne* n'eſt pas *lumineux*, mais reſſemble plutôt à celui que *donnent* les *digeſtions* dans toute la force du terme.... Quelqu'un à qui je liſois ce paſſage, s'écria ſoudain: *Ah! la digeſtion laborieuſe du Journal de la Harpe pût-elle lui cauſer une violente colique; ce ſeroit pour nous, puiſqu'il le dit, un produit lumineux*... Il étoit cauſtique, cet ami!

Terminons cet article qui pourroit ennuyer le Lecteur & former un gros volume *in-4°*, ſi l'on étoit curieux d'approfondir votre Journal: je lui laiſſe l'examen de votre ſtyle en général; il y trouvera de longues phraſes amphibologiques, hériſſées de figures, compoſées de mots ſcientifiques, &c. Paſſons au ſecond article.

ARTICLE II.

Jugemens à la Harpe.

Il sera facile de sentir, par la lecture de cet article, combien vous avez peu de goût & de juger en même tems de la partialité qui regne dans vos extraits.

Tous les morceaux de poésie que vous transcrivez à l'article poésie, sont pour l'ordinaire ou très-connus ou très-mauvais : vous devriez au moins choisir & chercher du nouveau pour une piece en quelques vers que vous nous donnez.

Passons à vos analyses.

La tragédie de Zelmire a peu réussi : l'invraisemblance des moyens, la multiplicité des ressorts & des événemens sont des défauts que le tems & la réflexion font sentir.... Pour que les moyens de la piece fussent *invraisemblables*, il faudroit qu'ils fussent pris hors de la nature, & que les *événemens* fussent impossibles ; examinons sans partialité ceux de la tragédie de Zelmire, & nous laisserons à juger au Lecteur s'ils peuvent passer pour *invraisemblables.*

Zelmire est accusée d'avoir livré son pere Polidore aux fureurs d'Azor son fils ; elle se justifie auprès d'Emma sa confidente dans la seconde scène du premier acte, où elle lui avoue en en secret qu'elle a sauvé son pere; qu'elle le tient renfermé dans un tombeau & le nourrit de son propre lait.

Azor vient de périr sous les coups d'un assassin inconnu: Polidore, donnant des larmes à la mort de son fils persécuteur, veut alors se montrer au peuple : sa fille s'oppose à son désir, craignant qu'on ne l'accuse lui-même du meurtre de son fils & que l'assassin ne rejette sur lui l'horreur de son forfait : elle lui apprend que le peuple a choisi Antenor pour remplacer Azor sur le trône, vante les vertus du nouveau Roi; &, pour tout espoir, se flatte de rejoindre Ilus son époux aux bords du Simoïs, & d'y fuir avec son pere & son fils : Polidore rentre dans le tombeau.

Antenor paroît: il feint de refuser le sceptre; & sous la fausse apparence de la plus austere vertu, semble réserver le trône au fils de Zelmire qui seul a droit d'y prétendre : dans une scène où il est seul avec Rhamnès son confident, il lui fait pénétrer ses desseins; lui rend compte de ses forfaits; se déclare l'assassin d'Azor, mais craint que ce dernier en expirant n'ait découvert le mystere odieux qu'il cache avec tant de soin: il médite dès cet instant la mort du fils de Zelmire; ordonne à Rhamnès de paroitre chercher avec fureur l'assassin prétendu d'Azor; d'accuser Phorbas ami de Polidore, & de l'immoler à la fausse persuasion du peuple: Il se retire; Rhamnès secoue le joug de la vertu qui maitrisoit son ame, & cede aux ordres de son maître en devenant criminel.

Voilà bien exactement le sujet du premier acte: On sçait que Polidore est vivant; que ses jours ont été conservés par les soins de Zelmire; qu'Azor est assassiné par Antenor: on connoît les infâmes projets de ce Prince odieux: l'action est en mouvement: l'intérêt existe, & tout est *vraisemblable*. Que deviendront Zelmire, Antenor, Polidore? Voilà le nœud: Suivons le cours de la piece.

Polidore instruit par Zelmire du refus d'Antenor & de sa bonté pour son petit-fils, permet à sa fille de lui découvrir son secret: elle est sur le point de sortir pour lui en faire l'aveu, lorsque l'Esclave qui a sauvé Polidore des fureurs de ses tyrans, pénetre jusqu'à la porte du tombeau; leur apprend qu'Antenor est l'assassin d'Azor; qu'un écrit tracé de sa mourante main confirme le forfait, & que le lendemain Zelmire doit être renvoyée à son époux. Ils concertent ensemble le moyen de sauver Polidore: il doit partir sous la conduite du même Esclave préposé par Antenor pour accompagner Zelmire jusqu'aux bords du Simoïs.

Sur ces entrefaites & après un entretien de Zelmire & d'Antenor, où celui-ci l'accuse encore d'avoir perdu Polidore, Ilus arrive : Antenor l'instruit du meurtre de Polidore qu'il rejette sur Zelmire & de la mort d'Azor : Ilus est furieux contre sa chaste & vertueuse épouse qui n'ose répondre, & reste en proie à la douleur la plus amere.

L'arrivée d'Ilus accroît l'intérêt : Cette circonstance inattendue & l'avis de l'Esclave, qui forment l'action du second acte, rendent l'idée du dénouement encore plus incertaine : Ces deux événemens sont très-naturels ; & celui qui y trouveroit de *l'invraisemblance* prouveroit par là même un jugement très-faux. Passons à l'examen du troisieme acte.

Antenor conçoit l'affreux dessein d'assassiner Ilus : sa mort lui semble le seul moyen de couvrir tous ses crimes : Ilus paroît ; & dans l'instant qu'Antenor leve sur lui le fer, la malheureuse Zelmire entre, saisit de ses deux mains le bras d'Antenor & lui arrache le poignard : Antenor surpris, saisit soudain la main gauche de Zelmire, & dit à Ilus effrayé :

...... Vous voyez une épouse perfide
Qui sans moi consommoit un nouveau parricide.

Il appelle ses gardes, ordonne qu'on entraîne

Zelmire à la tour; Ilus défend qu'on prononce fur fon fort.... Zelmire répond en jettant des regards fur le tombeau.

Tremblez d'abandonner un gage précieux
Si cher à votre amour, plus cher à ma tendreffe,
Qu'en des périls plus grands le Ciel plonge fans ceffe.

Zelmire fe retire : Ilus réfléchit fur les paroles & le gefte de fon époufe ; il entend

. . . . *Un bruit fourd & confus*

qui part du tombeau : la porte s'ouvre, Polidore paroît qui l'a reconnu à fa voix : Ilus reconnoît lui-même alors l'innocence de fa tendre époufe : Ema vient annoncer à Ilus que l'Efclave veut lui remettre, à la porte de Mars, l'écrit qu'il tient de la main d'Azor : Ilus revole à fes foldats pour ravir Zelmire à fa prifon funefte ; Polidore

. . . . *Sous les glaces de l'âge*
. . . . . . *Sent rallumer fon courage.*
Amenez vos foldats ; (dit-il à Ilus) *je veux, guidant leur zèle,*
Vous rendre votre époufe, ou périr avec elle.

[Ils fortent enfemble].

C'eft ainfi que fe termine le troifieme acte : Comme par degrés les moyens fe fuccedent ! Quel art de fufpendre & d'attendrir !... & le tout ne vous paroîtra qu'*invraifemblance !*... Il n'eft pas *invraisemblable* que vous vous trompiez.... mais il est étonnant qu'un des Quarante connoisse si imparfaitement & l'art & la nature.

Polidore, dont le commencement du combat a épuisé les forces, revient sur la scène avant la fin ; Euriale arrive ensuite & lui apprend qu'Ilus est triomphant,

. . . . Qu'il a forcé la tour ;
Que Zelmire est enfin rendue à son amour.

Euriale le fait rentrer dans le tombeau : cependant Rhamnès, instruit que Polidore vit, arrête Euriale & lui dit :

Réponds : Qu'avez-vous fait ici de Polidore ?

Cette réponse embarrasse Euriale, qui avoue,

. . . . Que les Dieux qu'il révere,
Par les soins de Zelmire, ont conservé son pere :
Tu n'en sçauras pas plus.

Rhamnès emploie l'artifice, en disant à Euriale :

Va : Je sçais tout sans toi : J'apprends qu'à son retour
Ce Vieillard est rentré dans son premier asyle.

Il ordonne à sa suite de lui amener Zelmire, qu'il a enlevée, tandis qu'Ilus combattoit contre Antenor, pour lui ravir son fils : Zelmire croit que son pere est libre : Rhamnès lui arrache l'aveu fatal ; elle lui déclare qu'elle avoit elle-même caché Polidore dans le tombeau de ses ancêtres : le cruel Rhamnès y fait pénétrer ses soldats : Zelmire reconnoît dans cet instant la trahison la plus noire : Polidore sort du temple poursuivi par les Soldats : Zelmire adresse aussitôt à Rhamnès & à sa suite un discours plein de sensibilité & de véhémence ; & dans l'instant où leurs cœurs farouches sont attendris, Antenor paroît avec Ilus enchaîné : Rhamnès montre Polidore au tyran qui s'écrie vivement :

Amis, nos yeux en vain cherchoient le bras impie
Qui du Dieu de vos cœurs a privé la patrie :
Faut-il nous étonner de nos soins superflus ?
Polidore vivoit.... que cherchons-nous de plus ?

Ilus lui répond :

. . . . C'est à toi de trembler,
Complice & meurtrier du fils de Polidore,
Toi qui venges son sang dont ta main fume encore, &c.

Mais des Gardes arrivent & entraînent Ilus & Polidore.

Tous ces événemens intéressans, & qui tous sont très-*vraisemblables*, amenent le dénouement & nous conduisent insensiblement au cinquieme acte.

Ilus & Euriale sont dans les fers : Polidore & Zelmire

Par leurs sujets séduits sont déja condamnés.

Rhamnès a ravi à Ilus

. . . . L'écrit victorieux
Qui des peuples trompés eût dessillé les yeux.

Ilus sort & va

. . . . . . Chercher l'arrêt de son trépas.

Antenor veut conserver cependant les jours d'Ilus.

Sa haine intéressée en respecte le cours.

Il ordonne à Rhamnès

. . . . . . D'appeller le grand Prêtre
Qui doit armer sa main.

Rhamnès monte au temple ; Zelmire, Polidore & tout le peuple paroissent : Rhamnès redescend du temple ; & dans l'instant qu'Antenor lui commande de frapper les deux victimes, il se retourne, s'élance sur le tyran & le frappe, déployant l'écrit d'Azor.

Je meurs assassiné par le traître Antenor :
C'est lui, dont l'ame atroce & l'amitié perfide
Souilla mon jeune cœur du plus noir parricide :
Malheureux instruments de mes projets cruels,
Sujets que j'ai trompés, que j'ai fait criminels,
Partagez mes remords, pleurez, vengez mon pere.

Rhamnès fait au peuple le récit des perfides atrocités d'Antenor, & tous se prosternent aux pieds de Polidore qu'ils reconnoissent pour leur

Roi. Ilus arrive & s'écrie en montrant Rhamnès :

Et j'ai couru soudain, sur ses prudens avis,
Assurer le triomphe en délivrant mon fils.

Ils courent tous rendre grace aux Dieux.

Tel est le sujet entier de la tragédie de Zelmire, que M. de Voltaire regarde comme un chef-d'œuvre : ce grand Homme, & plusieurs bons Juges en ce genre, n'y ont point trouvé l'*invraisemblance* que vous, M. de la Harpe, lui reprochez : je laisse au Lecteur à décider auquel des deux jugemens on doit s'en tenir.

Quant à la *multiplicité des ressorts & des événemens*, que vous appellez *défauts*, je vous renvoie à la Préface de M. de Belloy, qui précede sa Tragédie : vous y apprendrez que toutes les pieces des Grecs, qui peuvent passer pour de grands maîtres & de grands modèles à suivre, étoient *à grand spectacle & à grands coups de théâtre* ; que nos meilleures tragédies de Corneille, de Racine, de Voltaire, sont un tissu continuel d'événemens imprévus ; vous vous instruirez enfin, & peut-être dans la suite ses leçons vous engageront à vous départir du sentiment original qui regne dans vos critiques.

Le rôle d'Antenor a paru peu digne de la tragédie, parce que l'hypocrisie est un vice bas, à moins qu'il ne soit relevé par les vastes desseins d'un Lé-

giſlateur & d'un Conquérant, & par l'enthouſiaſme d'un Prophete : je n'examine pas ſi le mot *relevé* eſt ici le mot propre : je vous demande ſeulement pour qui vous prenez Antenor?.... ſans doute pour un ſimple tartuffe... & c'eſt en cela que vous vous trompez encore : Antenor eſt *conquérant* : Zelmire dit à Polidore :

Antenor eſt chargé des ſoins du diadême,
C'eſt à ſont front vainqueur qu'il paroît deſtiné.

De plus, il eſt Roi : ainſi ſon ambition *hypocrite* eſt *relevée par de vaſtes deſſeins.*

Je dois *relever* une autre erreur que vous avez commiſe, en diſant que *Zelmire s'écrie, après avoir raconté comment elle a nourri ſon pere de ſon lait.*

Merveille reſpectable à la race future,
Où même en s'oubliant triomphe la nature.

Ce n'eſt point Zelmire qui dit ces deux vers *en s'écriant ;* c'eſt Rhamnès, à la fin du cinquieme acte, dans le beau Diſcours qu'il adreſſe au peuple, & je cite le morceau.

Quand ſon pere expiroit dans cette tour affreuſe,
Oui, de ſa piété l'audace ingénieuſe,
Le ravit au trépas, aux horreurs de la faim,
Par le pur aliment de ſon vertueux ſein.
Merveille reſpectable à la race future,
Où même en s'oubliant, triomphe la nature....

Ces deux derniers vers ne ſont point *des*

phrases de Rhéteur, & l'opposition de *s'oublie* & de *triomphe*, exprime merveilleusement l'idée d'une fille qui nourrit son pere de son propre lait.

Ces erreurs sont impardonnables à un Journaliste qui doit toujours dire vrai & ne jamais tromper le Lecteur qui s'en rapporte naturellement aux faits qu'il cite ; mais je veux bien les interpréter à votre avantage : ils prouvent que vous osez rendre compte d'ouvrages que vous n'avez pas même lu ; & que, pour remplir la tâche qui vous est imposée, vous hasardez sans crainte le mensonge le plus impudent, que vous enveloppez encore des traits de la plus maligne satyre : mais revenons à Zelmire.

La versification de cette Tragédie est noble, impétueuse, touchante : plusieurs tirades sont d'une beauté sublime, & j'engage mon Lecteur à la lire & relire : il y admirera des traits frappans de génie & desirera alors de la voir souvent représenter sur notre théâtre, où il pourra juger mieux des effets qu'elle produit.

M. de Saint-Ange a mal réussi à traduire le vers fameux d'Homère, qui peint le Pontife se retirant en silence le long du rivage.

> *Il va silencieux près de la mer bruyante.*

Le vers seroit mieux ainsi :

> *Il va triste & muet près de la mer bruyante.*

Le vers peint un Pontife majeſtueux qui *ſe retire en ſilence le long du rivage* : le Pontife eſt ſuppoſé aller gravement, eſt cenſé être renfermé en lui-même : c'eſt ainſi qu'on doit ſe le repréſenter : Quelle expreſſion pouvoit alors mieux convenir que le mot *ſilencieux?* le terme fait oppoſition avec *bruyante.* Il rend le vers lent : il eſt compoſé de quatre ſyllabes.... Vous, toujours prêt à ſaiſir le contre-ſens des choſes, vous y ſubſtituez *triſte & muet.* Faites la comparaiſon : ſix ſyllabes dans le premier hémiſtiche de l'Auteur : ſept dans le vôtre & une éliſion... Nul contraſte entre *triſte & muet* & *bruyante...* & c'eſt ce contraſte que M. de Saint-Ange a ſçu ſi bien ſaiſir, qui fait la beauté de ſon vers.... De plus, quoique vous n'aimiez pas ſans doute les oppoſitions, je puis ici vous y mettre avec vous-même. Votre phraſe, au ſujet de M. de Saint-Ange, eſt tranſcrite fidélement quelques lignes plus haut.... Dans un de vos Numéros, où vous analyſez la traduction du même morceau, par M. de la Mothe, voici vos termes : *M. de la Mothe traduit ainſi :*

Morne & penſif il ſuit le rivage de la mer écumante.

Il y a dans le Grec ;

Il alloit en ſilence le long du rivage de la mer bruyante.

Soit qu'Homère ait penſé ou non au contraſte du

ſilence de ce Vieillard avec le bruit des flots, *il falloit l'exprimer, & le Traducteur le ſupprime....* A préſent, entendons-nous.... Je ne ris plus.... Perdez-vous la mémoire ? Vous jouez-vous du Public ?... Il faut être d'un ſang bien froid pour vous pardonner de telles indécences, pour ne pas vous accabler ſous l'énorme poids de la cruelle ſatyre...

Quos ego... ſed motos præſtat componere fluctus.

Il y a long-tems que l'on dit, avec raiſon, que la danſe eſt le ſalut de l'Opéra; c'eſt-à-dire, que *ſans la danſe*, l'Opéra ne ſeroit rien, & que ce ſpectacle tomberoit infailliblement... Permettez-moi à ce ſujet quelques réflexions... C'eſt ſans doute un plaiſir que de voir danſer les Veſtris, les Gardel, les Allard, les Guimard, & tous les autres Virtuoſes en ce genre : mais n'eſt-il pas ſouvent ridicule de voir cabrioler un héros, des diables affreux ſautiller autour d'Orphée, des pleureurs exprimer la douleur par des pas graves, &c. &c ? La danſe eſt un art agréable, qui fut inventé pour l'expreſſion de la joie, & non de toutes les paſſions : il ne devroit donc y avoir danſe à l'Opéra, que dans les Paſtorales, pour célébrer l'hymen & les plaiſirs des tendres Bergers, & dans les Tragédies, pour célébrer la victoire ou la félicité publique... Il y a plus, ſi tout le monde étoit d'accord à dire que *la danſe est le salut de l'Opéra*, on compteroit donc alors presque pour rien les talens supérieurs des Legros, des Larrivée, des Duplan, des Beaumesnil, des le Vasseur, des Rosalie & de tant d'autres : la musique, cet art divin, qui émeut l'ame & lui fait éprouver aujourd'hui toutes les sensations, perdroit donc tout son prix : Gluck, l'immortel Gluck, qui le premier a sçu persuader que la musique étoit un vrai langage, borneroit donc sa gloire à composer quelques airs de ballet.... Non, quoi que vous en disiez, ce n'est point à la *danse*, ni au merveilleux des machines, que l'Opéra est redevable de l'enthousiasme des Amateurs; mais bien à l'agrément des poëmes, à l'excellence de l'art musical, & à la parfaite supériorité de ses acteurs.

Il faut convenir qu'on ne sçait quel nom donner (au Pigmalion de M. Rousseau) *à un monologue long, emphatique & forcené, à une déclamation qui dégénere souvent en un galimathias inintelligible, à une statue grecque en panier, qui marche sur le théâtre....* Si le Pigmalion du célebre Rousseau étoit un ouvrage d'imagination, d'idée, il seroit peut-être étonnant & ridicule de voir une *statue grecque marcher sur le théâtre* : la piece auroit le caractere d'invraisemblance : ce ne seroit plus une scène théâtrale; on n'appercevroit qu'un prodigieux miracle, auquel personne ne croiroit.... Mais avant la représentation de Pigmalion, on savoit que ce fameux Statuaire avoit fait jadis une Galathée dont il devint amoureux: on savoit qu'il invoqua les Dieux; que dans son transport il leur demanda le sentiment pour l'objet de sa passion terrible: on savoit que les Dieux exaucerent ses vœux; & que Galathée, cessant d'être statue, devint une femme adorable, digne des hommages de tous les mortels: Et d'où savoit-on tout cela?... De la Fable, qui, consacrée depuis des siecles, semble être une histoire véritable, & non au-dessus de la croyance.... L'Auteur d'Emile n'a donc mis sur la scène qu'une action connue, qui n'est point du tout idéale: il n'est donc point surprenant de voir marcher une belle femme, qui ne l'est devenue, à la vérité, que graces aux Dieux, & qui, du moment où l'on apperçoit ses mouvemens, n'est plus une *statue*.... Dès-lors ce terme est impropre.

Pigmalion est amoureux de sa statue: il doit l'être à la fureur; l'amour en effet s'accroît par les obstacles aux desirs, & j'imagine qu'il n'en est pas de plus grands que d'adorer un marbre. Les expressions de rage, de dépit, d'effroi, de douleur, de tendresse, d'accablement, d'enthousiasme, d'assurance, d'ironie, d'indignation, de remords, d'extase, dont se sert le Héros, sont donc bien naturelles : il n'est pas même singulier que Pigmalion soit Philosophe & Métaphysicien dans sa priere à Vénus : dans un monologue de dix pages, il faut qu'il soit tout, qu'il éprouve toutes les sensations : le sujet l'exige : il n'est donc pas nécessaire de *convenir* avec vous, que la scène de Pigmalion est un *monologue long, emphatique & forcené ; une déclamation qui dégenere souvent en un galimathias inintelligible.*

Je suppose, en outre, que cette scène ne soit point faite pour le théâtre, qu'elle soit uniquement une *fantaisie de l'imagination de son Auteur;* vous avouez vous-même, que *M. Rousseau n'avoit point destiné ce fragment au théâtre, & que ce n'est pas lui qui l'y a fait jouer.* Cet aveu le justifie pleinement ; mais ne justifie pas la phrase indécente que je viens de citer.

D'ailleurs, quand il n'y auroit, dans cet ouvrage, que ceci : *Moi.., c'est moi... ce n'est plus moi...ah ! encore moi*, ces mots suffiroient pour qu'il fût un chef-d'œuvre... Galathée, dans l'instant qu'elle est animée, se touche ; elle dit : *Moi... c'est moi* : elle met la main sur un marbre ; alors... *ce n'est plus moi...* Elle touche Pigmalion : *ah ! encore moi...*Qui a si bien peint le sentiment, en si peu de mots ?

Quoique la petite piece de *Deucalion & Pyrrha*, de feu M. de Sainte-Foix, *ne ſoit point un ouvrage de bon goût, & qu'il ſoit difficile de ſuppoſer que ces deux perſonnages aient ſeuls ſurvécu au déluge; & qu'ils ſe faſſent des agaceries, l'un à l'autre, ſur les débris du genre humain*; cependant ce *Drame mythologique* a été accueilli avec applaudiſſement & ſans *indulgence* : l'eſprit & l'agrément que l'Auteur a ſçu y répandre, la délicateſſe du dialogue, la fineſſe du jeu de l'Acteur intéreſſant & de l'Actrice aimable, chargés, l'un du rôle de Deucalion, & l'autre de celui de Pyrrha; enfin, les graces riantes du charmant amour, ont procuré le plaiſir. Que doit-on attendre de plus d'un acte très-court? Après avoir verſé des pleurs à une tragédie, le Spectateur eſt toujours flatté de s'égayer enſuite : ſon imagination fatiguée des malheurs d'un Héros, des tourmens de l'amour, de la cruauté d'un Tyran, ſe délaſſe alors agréablement : il ſort content, ſatisfait & reconnoît le génie qui a fait naître en ſon ame deux ſenſations différentes.

Nous voici donc au Malheureux Imaginaire de M. Dorat. *Le peu d'eſprit des trois ou quatre libelles, dont vous ne pouvez pardonner l'indécence*, ne m'empêche pas de parler encore de cette piece & du jugement que vous en avez porté.

L'intérêt

L'intérêt n'existe jamais qu'en raison des obstacles. Que ces obstacles soient une suite ou d'événemens imprévus, ou du caractere des personnages, peu importe. Ils existent toujours, ils produisent toujours l'action... Dans la Piece de M. Dorat, ils naissent du caractere du *Duc de Semours.* C'est un homme qui *voit tout en noir*, qui possédant tout ce qui est capable de rendre un homme heureux, vit en proie au chagrin, à la mélancolie, à la tristesse; sur qui tous les événemens produisent l'effet contraire; qui, enfin, prend tout à contre-sens. Il est riche; il voudroit n'avoir pas un sol : s'il étoit pauvre, il desireroit les biens; il est comblé d'honneurs, il a la faveur du Prince; tout ce faste l'obsede, l'ennuie : il est aimé d'une femme charmante & vertueuse, la jalousie & la défiance le tourmentent... Enfin,

C'est de tous les heureux, le plus infortuné.

C'est bien là sans doute le véritable caractere du Malheureux Imaginaire de M. Dorat, caractere qui se soutient uniformément dans tout le cours de la Piece... Le Duc de Semours saisit toutes les occasions, toutes les situations possibles; il les applique toutes à l'idée de son malheur... Il adore Madame de Themine; il lui fait l'aveu de sa tendresse, lui propose de l'épouser... Elle y consent... Mais, dit-il :

... A peine à ces nœuds j'avois osé prétendre ;
De mes réflexions, je n'ai pu me défendre :
Notre hymen terminé, j'ai cru la voir, après,
Distraite de l'amour par l'éclat des succès.
En proie au goût du jour, au tourbillon perfide,
Qui séduit une femme, & souvent la décide ;
Me gardant quelques soins, à l'usage accordés,
Un retour d'habitude & de froids procédés :
Malheureuse, peut-être, & revolant sans cesse
Vers cette liberté que gêne la tendresse.
Incertain de son cœur, par le mien averti,
Et redoutant pour elle un nœud mal assorti,
J'ai sçu, de ce moment, renfermer mon ivresse,
Soumettre mes transports à ma délicatesse.
J'ai craint de l'épouser, & je sens trop, hélas !
Quels maux je me prépare en ne l'épousant pas.

Sans cesse absorbé dans la plus profonde rêverie, il se souvient, comme par hasard, du Jugement de son procès.

. . . . . Ma tête est-elle assez remplie ?
Autre soin, j'oubliois.... Plaignez-moi, cher ami ;
Je sçais, d'hier au soir, qu'on me juge aujourd'hui.
Tout parle en ma faveur ; mon titre est clair, je pense.
J'ai raison...

Le Baron, son ami, son compagnon d'infortunes, lui répond :

. . . . Entre nous,
Ce qu'on m'a fait souffrir, me fait craindre pour vous.
A-t-on pour soi le fond, on a la forme contre.
Il est mille embarras que le bon droit rencontre.
Délibérés, appels, révision, délais...

Le Duc auſſitôt.

Oui... d'après tout cela, je perdrai mon procès.

Tant il eſt ingénieux à ſe perſuader tout ce qui lui paroît favoriſer ſon prétendu malheur, il ajoute :

Quant au Gouvernement, je n'y dois plus prétendre;
Je le ſollicitois pour ce vieux Saint-Albans,
Aſſez neuf dans les Cours, mais blanchi dans les Camps;
Qui, pauvre & courageux, dans ſon champêtre aſyle,
N'a jamais rien brigué que le droit d'être utile.
Avec ardeur pour lui, je l'avois deſiré.
Baron, j'allois jouir, il m'étoit aſſuré.
C'en eſt fait, je ſens bien qu'il faut que j'y renonce.

A propos d'un bal qu'il donne le ſoir :

Je ne le voulois pas : on me l'a fait vouloir.

Le Duc avoit propoſé au Baron, ſa ſœur en mariage : il paroiſſoit même que celui-ci n'en étoit pas éloigné : l'eſpoir de vivre avec ſon ami, de diſputer alors d'infortunes enſemble, plus à leur aiſe, ſatisfaiſoit déja Semours. Madame de Folange, ſa parente, vient au travers de tout cela ; il lui ſemble qu'elle en veut à Saint-Brice : il haſarde de lui faire une queſtion :

Auriez-vous, par hazard, des projets ſur Saint-Brice ?

Madame DE FOLANGE.

Préciſément.

LE DUC.

Adieu mon eſpoir le plus doux.
C'eſt à qui maintenant le voudra pour époux.

Dans un entretien qu'il a avec sa sœur Emilie, il lui propose de choisir un époux, & lui dit :

Un mariage utile est l'état qu'il vous faut.

Emilie, en fille honnête & sage, en sœur reconnoissante, lui répond :

. . . . . . Pour des liens nouveaux,
Irois-je hazarder les douceurs du repos,
Ce calme indépendant, & cette paix secrette,
Que le cœur cherche à perdre & que le cœur regrette ?
D'ailleurs, vous le sçavez, tout me rit dans ces lieux.
D'accord, pour m'y fixer, tout y flatte mes vœux ;
Des tableaux variés enchantent cet asyle :
J'y vois se succéder & la Cour & la Ville ;
Et quand de vos vertus vous recueillez le fruit,
Mon ame est enivrée. . . . . . .

Ce langage dépite Semours : il prend l'aveu de sa sœur pour une contrariété...

Allons, nous y voilà ! je m'y suis attendu ;
Et vous n'exagérez ce bonheur prétendu,
Que pour mieux éloigner ce que je voulois faire.
Pour saisir un prétexte au sentiment contraire,
Vous craignez qu'on n'attente à votre liberté,
Et ce séjour devient un séjour enchanté.

. . . .

Ce sort vous conviendroit . . . .
Et vous le redoutez, non pour vous, mais pour moi.
Je m'en mêle, il suffit. . . . . .

. . . .

Quand vous me résistez, j'aurois tort de me plaindre ;
Mon astre vous y force, & je m'étonnerois,
Si j'avois réussi dans un de mes projets.

Par excès de malheur, le procès qu'il craignoit de perdre est gagné : il l'annonce à la Marquise de Themine.

LA MARQUISE.

. . . . . *A propos, ce procès...*

LE DUC, *avec humeur.*

Hé bien ! il est gagné. . . . .

LA MARQUISE.

Grands motifs de regrets !

LE DUC.

. . . .

Et tous les sots propos que cela fera naître.
Il doit à son crédit un pareil Jugement,
Et la Cour, dans sa cause, agissoit sourdement.
Je suis bien avancé. . . . .

Cherchant toujours de quoi nourrir son malheur, il semble douter de l'amitié de sa sœur, & croit s'appercevoir que sa maîtresse ne l'aime plus.

Avez-vous vu ma sœur ? ne remarquez-vous pas
Qu'elle montre avec moi beaucoup plus d'embarras.
M'aimeroit-elle moins ? . . . . .

. . . .

. . . . . *Je sens trop qu'en ce jour,*
Pour moi, dans votre cœur, il n'est plus de retour.

. . . .

Ma sœur m'a refusé dans le premier moment ;
Car, on n'a jamais sçu m'épargner un tourment.

Il sort du jeu, où il a fait une fortune considérable & rapide.

LE BARON.

La fortune, une fois, ne s'est pas démentie ;
Ce n'est plus qu'en tremblant qu'on fait vôtre partie.

LE DUC.

Oui, ce pauvre Mylord qui s'en va ruiné !
Ses as, à tous les coups ! j'en étois consterné.
Félicitez-moi bien !

On lui a présenté Florville, jeune homme intéressant ; pour lequel il sollicite un Régiment... Il ne l'a pas plutôt vu, qu'il en devient jaloux : la méfiance commence alors à le tourmenter : il prévoit que Madame de Thémine le trahit ; il va jusqu'à dire au Baron.

Quand, avec mille vœux, elle obtient jusqu'aux vôtres,
Je souffre au fond du cœur, & ce qui plaît aux autres.

Florville, en présence de Madame de Themine, lit avec transport une lettre d'Emilie qu'il adore ; le Duc entre dans cet instant : sa jalousie augmente.

On ne se plaindra pas, (dit-il à la Marquise) *qu'on y met du mystere,*
Et sa reconnoissance a le ton qui doit plaire.
Pour surcroît de bonheur, vous avez pris le soin,
A ce qu'il me paroît, de m'en rendre témoin.

Semours exprime à ſa ſœur combien il eſt à plaindre.

Je flottois dans le doute & dans l'inquiétude ;
Mon malheur eſt complet, j'en ai la certitude.
. . . .
. . . . . . *Le ſort m'eſt ſi contraire !*
. . . .
. . . Tout prouve leurs feux & leur intelligence,
Ce billet & ſa ſuite, & ſur-tout ſon ſilence,
Et la Marquiſe encor ſi prompte à me quitter.
. . . .
. . . . . . *Le moyen d'en douter !*
Je le ſens à mon trouble, à ma douleur extrême.
Ils s'aiment . . . je l'ai vu, vous l'avez vu vous-même.

Il propoſe une ſeconde fois à Emilie, Saint-Brice pour époux ; elle lui répond :

. . . . . *Que rien ne vous retienne,*
J'aſpire à cet hymen. . . . .
. . . .
Les honneurs déſormais me ſont tous odieux ;
Je m'immole à vous ſeul. . . . .

LE DUC.

. . . .
A merveille ! en craignant de me rien refuſer,
Vous trouvez le ſecret de me tyranniſer.
. . . .
. . . . *Je craignois un refus ;*
Et l'aveu maintenant, m'inquiete encor plus.

Il veut écrire à ſa maîtreſſe ; il prend la plume : mille idées ſe préſentent à ſon imagination.

Des plus noires couleurs, peignons-lui son parjure!
Eh! si le calme ajoute encore à mon injure!
Non. Tâchons d'affecter un tranquille dédain....
Elle n'y croira pas... je l'essayerois en vain.
Touchons plutôt son cœur, que j'ai connu si tendre;
Ce langage... peut-être, elle sçaura l'entendre..
A quoi vais-je penser? qui, moi! moi réclamer
Un infidele cœur... qui bien loin de m'aimer...
Suis-je assez malheureux? dans ma juste colere,
Je ne puis trouver même un reproche à lui faire.

La folle gaieté de d'Epermont le désespere encore.

Madame de Folange & vous, avec ce ton,
Vous m'avez poursuivi jusques dans ma maison.

Le Baron lit dans le cœur d'Emilie, il sent qu'elle ne l'aime pas: il est trop prudent pour souscrire à la proposition, que lui a faite Semours, de l'unir à sa sœur; & pour abuser ainsi de l'obéissance que doit Emilie à son frere, il le déclare au Duc, qui s'écrie:

Poursuis, destin, poursuis; tout, tout me persécute;
Aux chagrins, désormais, me voilà seul en butte.

....

J'avois tout bien pesé dans cette circonstance;
Ma sœur trouvoit le rang, les vertus, la naissance.
Hé bien!... il la refuse!... & mon cœur oppressé,
De la main d'un ami se sent encor blessé.

Dans un moment où il paroit être réconcilié avec la Marquise, où il avoue, à ses genoux, ſes torts & ſes injuſtes ſoupçons, un valet entre & donne une lettre à Madame de Themine.

Une lettre! il ſaut bien ſe parler ou s'écrire.
Je vous ſuis importun, vous brûlez de la lire.
Ma préſence vous gêne : adieu.

Il revient de la Cour : deux graces, qu'il ſollicitoit, lui ont été accordées; il compte tout cela pour rien.

Là-bas, en apparence, on m'a fort bien traité.
. . . . *Ah! vous penſez, je gage,*
Que je ſuis, en ſecret, (dit-il au Baron) *content de mon voyage?*
Il s'en faut. . . . .
. . . .
J'obtiens très-aiſément des graces très-légeres,
Et je me vois ravir celles qui me ſont cheres.
Le Miniſtre m'a fait un accueil ſéduiſant.
. . . .
. . . . *Quelles gens! quel pays!*
Je n'ai point fait un pas, ſans trouver vingt amis.
. . . .
Ces amis, au beſoin, parleront contre moi.

Il confirme au Baron l'infidélité prétendue de la Marquiſe.

Vous la croyiez ſolide, autant qu'intéreſſante.
Je vous avois bien dit que vous la jugiez mal.
Tout eſt vrai, tout eſt ſçu, Florville eſt mon rival.

En parlant de Madame de Themine.

Hé bien!... à ſon nom ſeul, mon cœur s'émeut encore;
Ce cœur déſeſpéré, plus que jamais l'adore!...

J'aurois fait son bonheur! un autre, un autre, hélas!
N'ayant pas mon amour, ne l'appréciera pas;
Et, peut-être, ses pleurs . . . cette idée importune,
Plus que tout à la fois, comble mon infortune.

Dans l'instant où le Duc est instruit, par Florville lui-même, de son amour pour la jeune Emilie; détrompé sur la trahison, dont il accusoit la Marquise; certain du Gouvernement qu'il obtient du zèle & de la tendresse de Madame de Themine, il ose douter encore de son bonheur; il doute du gage le plus assuré de sa félicité.

Ah! (dit-il à la Marquise) *mon funeste amour n'a plus de droit sur vous;*
Vous ne voudrez jamais m'accepter pour époux.

Il est enfin corrigé par la réponse de sa charmante maîtresse.

Vous vous trompez encor. . . . .

Je n'ai choisi, dans cette analyse, que les principaux traits qui caractérisent le Duc de Semours: il y a peu de vers, dans son rôle, qui ne servent d'expression à son malheur imaginaire: il est toujours malheureux prétendu, toujours triste & mélancolique; enfin,

Toujours, toujours, il est toujours le même.

Sans doute, il est peu de Comédies, (je ne crains pas de le répéter) où le principal caractere soit aussi bien soutenu & aussi uniforme.

Il en est ainsi du caractere de tous les autres Personnages de la Piece. Si je faisois ici l'extrait des rôles de d'Epermont, de Madame de Folange, on n'y trouveroit que de la légereté, de l'insouciance, qu'une gaieté continuelle, qui dégénere même en une espece de folie, pourtant très-pardonnable. Le rôle du Baron présente par-tout un Philosophe réfléchi, malheureux réellement, mais dont la façon de penser lui fait supporter courageusement ses infortunes. Celui de Madame de Themine m'offre une femme charmante, sensible, vertueuse, que l'amour seul attache au Duc de Semours : elle reçoit de son amant les reproches les plus vifs, elle ne se trouble point, ne se pique pas alors d'une coquetterie affectée. Semours est assez malheureux de sa jalousie.... Pour l'en punir, l'adorable Marquise obtient, elle seule, une grace qu'il sollicite depuis longtems : elle connoît sa générosité ; ce n'est qu'en la servant, qu'elle croit le désarmer : le succès est le prix de son zèle, & la main du Duc, celui de sa tendresse.

Il n'étoit pas possible de réunir, avec plus d'habileté, trois personnages, tels que Semours, Saint-Brice & d'Epermont : en trois mots, il est facile de démontrer l'énorme différence de ces trois hommes... Semours est malheureux imaginaire : Saint-Brice eſt malheureux réellement ; mais Philoſophe : d'Epermont eſt auſſi malheureux, mais rit de tout. Quel heureux contraſte ! quel champ vaſte pour l'imagination d'un Auteur ! que de ſcènes ! que de ſituations frappantes ! Le ſujet eſt certainement très-ſuſceptible d'action & d'intérêt ; & quoique beaucoup de gens prétendent que la Piece auroit dû être réduite à trois actes au plus, je ſoutiens que chacun des trois principaux perſonnages auroit pû fournir à une très-longue Comédie en cinq actes.

Il eſt fâcheux que la Comédie de M. Dorat ſoit foible d'intrigue ; que les ſcènes en ſoient trop coupées & n'offrent que des tableaux, tous intéreſſans, à la vérité, mais qui ne forment aucun enſemble... Il a négligé abſolument la rapidité de la marche ; l'attention du Spectateur s'arrête à chaque pas ; l'action languit, & ſon Malheureux Imaginaire ne paſſera jamais pour une Comédie ; mais pour un développement bien ſuivi de différens caracteres.

Les vers de la Piece ſont agréables : il eſt pourtant à remarquer que M. Dorat s'attache trop au coloris de la poéſie, & néglige, par fois, l'expreſſion pure & naturelle de la penſée : il fait un uſage trop fréquent de l'antithèſe, & a le défaut de perſonifier toujours les termes : . . .

Ce ſont les fautes que ſes Lecteurs lui reprochent, en reconnoiſſant ſon mérite & ſon vrai talent pour la verſification.

Vous rapportez le *défaut de bienſéance* que vous trouvez dans le Célibataire, lorſque Terville arrête Julie ſortant avec Madame de Verſeuil. Je ne conçois pas comment vous n'avez point ſenti que, dans cet inſtant, Terville n'eſt plus à lui-même, & que ſa paſſion, pour Julie, eſt d'autant plus forte, qu'il cherche à la lui cacher... Ce mot: *Mademoiſelle un mot*, lui échappe... Je ne vois point qu'il manque alors à la *bienſéance*... Julie laiſſe aller Madame de Verſeuil, & reſte ſeule avec Terville. *Une jeune perſonne*, dites-vous, *bien élevée, ne reſte pas ainſi ſeule avec un jeune homme, à moins que leurs parens ne ſoient d'accord; elle commet de plus une impoliteſſe, en ne ſuivant pas une femme qui eſt venue avec elle.* Vous n'avez ſans doute pas remarqué qu'après le: *Mademoiſelle, un mot*, Julie héſite ſi elle reſtera ou non, en regardant Madame de Verſeuil; & que celle-ci, qui eſt ſon amie, ſa confidente & ſon conſeil, l'encourage par des ſignes, la laiſſe & s'en va.

On a remarqué auſſi, que dans les trois Comédies que M. Dorat a données au Théâtre, ce ſont toujours les femmes qui font toutes les avances aux hommes, avances très-marquées, & qui mettent à la merci de celui à qui on les fait. Que signifient ces derniers mots, *qui mettent à la merci de celui à qui on les fait?* La *bienséance* n'est-elle pas étrangement *blessée* dans cette phrase ? comment, toutes les Dames honnêtes, qui l'ont lue, ont-elles pu l'interpréter ? n'ont-elles pas dû dire alors réellement : Ce M. de la Harpe est bien incivil ! bien impoli! bien impertinent !... Prenez garde, mon cher ami, de vous mettre à dos le beau sexe... Ah ! c'est assez, pour vous, d'avoir pour ennemie la gent littéraire : conservez tout au moins les droits de la nature & du cœur.

Si vous reprochez à M. Larrive, dans son rôle de Pizarre, *des cris durs & secs dans les momens de fureur, des cris qui offensent l'oreille & ne vont point à l'ame*, pourquoi prétendre, contre le sentiment unanime, que M. Molé *a été admirable dans son rôle de Zélisçar ?* Certainement il y a déployé, dans la belle scène du cinquieme acte de Zuma, cette sensibilité vive & touchante, qui fait son plus grand mérite : mais vous n'avez peut-être pas remarqué, comme tout le monde, que dans le cours de son rôle, & sur-tout au troisieme acte, il crioit horriblement, dix fois plus que son frere Pizarre, & que ses cris étoient bien plus *durs*. (Quelle différence, en effet, de son organe à celui de M. Larrive!) Il faut rendre hommage au mérite, mais toujours en disant vrai, & ne point ſacrifier ſon jugement à l'intérêt qu'un Tragédien peut avoir de louer un Acteur du Comité, qui a part à la réception des Ouvrages.

Les Incas de M. Marmontel ſeront regardés comme un des monumens diſtingués de notre Littérature. L'ambition modeſte de M. Marmontel a toujours été de donner au Public un Ouvrage qui pût aller de pair avec le Télémaque de M. de Fénelon : il a cru en faire le pendant, lorſqu'il a mis au jour ſes *Incas, ou la deſtruction de l'Empire du Pérou.* Cette Hiſtoire, qu'on doit appeller une *Hiſtoire en vers blancs*, n'a certainement pas le droit d'être comparée au Livre immortel du célebre Archevêque de Cambray : ce ſont de petites phraſes épiſodiques, couſues les unes aux autres ; des perſonnages perdus de vue de volume en volume ; mille portraits où l'Auteur ſe complaît à exercer ſa plume, & qui retardent les événemens ; un ſtyle tranché, coupé, plein de mots oiſeux ; un chaos immenſe de figures, repréſentées groteſquement. C'eſt ainſi que cet illuſtre Académicien eſt parvenu à compoſer deux volumes *in*-8° ; c'eſt ainſi que preſque tous ſes Confreres travaillent, & qu'ils font ſuccéder leur *gloriole factice* aux lauriers de leurs fameux Prédéceſſeurs... Meſſieurs Paliſſot &

Clément ont analysé cet Ouvrage dans deux de leurs derniers Journaux ; cette analyse vaut peut-être mieux que l'ouvrage entier.

Le dénouement de la tragédie d'Iphigénie en Tauride, de M. de la Touche, tombe absolument des nues, & produit un effet ridicule. Je ne conçois pas comment un homme, qui a fait des Tragédies, peut regarder, comme un défaut, ce qui, au contraire, passe pour une grande beauté & un trait de génie. Le grand art du Tragédien est de suspendre l'événement, pendant tout le cours de la Piece, par des incidens variés. Lorsque le Spectateur ignore quel peut être le terme de l'action, il est vivement intéressé ; & l'instant qui découvre le nœud de la Piece, ne le satisfait jamais plus, que quand il est imprévu... Tout le monde est d'accord qu'il y a peu de sujet, sur notre Théâtre, qui produise autant d'intérêt que celui d'Iphigénie en Tauride... Oreste & Pilade sont unis par les liens de l'amitié la plus affectueuse ; Iphigénie reconnoît, dans Oreste, un frere chéri : la tyrannie de Thoas, & la Loi, condamnent au supplice un des deux Etrangers ; la vive tendresse des deux amis balance le choix cruel : enfin, Pilade conçoit le dessein d'égorger Thoas ; Oreste va mourir, il reçoit les adieux de son cher Pilade.

lade : la Victime alloit être immolée ; tout à coup Pilade, armé d'un fer vengeur, le plonge dans le ſein du Tyran ; & de ce moment, rien n'eſt plus à craindre ni pour lui, ni pour Oreſte, ni pour Iphigénie.... Quels traits ! quelle action ! quel intérêt !... Malgré tout cela, *il y a de grands défauts*. ... L'Oracle a prononcé : doit-on l'en croire ſur ſa parole ? .... Non. Voilà la réponſe que feront tous ceux qui ſavent connoître, apprécier les beautés, & rendre hommage au vrai talent, au vrai mérite.

Je ne ſuis entré ici que dans le détail des jugemens des Pieces de Théâtre & de quelques Ouvrages de Littérature : j'aurois pu en outre démontrer la fauſſeté de pluſieurs autres ; mais ce que j'ai dit, ſuffit pour donner à mon Lecteur l'idée qu'on doit ſe former de votre Journal.

ARTICLE III.

Satyres.

Le devoir du Journaliſte eſt de faire l'extrait des Ouvrages nouveaux, c'eſt-à-dire, d'en rapporter exactement le ſujet, l'ordre du plan, la diſtribution des matieres, d'en remarquer les beautés, d'en relever les défauts, & ſur-tout de juger ſans partialité & de critiquer ſans injure.

Le Public, qui s'en rapporte ſouvent à l'analyſe d'un Journal, & qui, d'après céla, trouve bon ou mauvais un ouvrage, eſt intéreſſé à la ſincérité, à l'honnêteté, à la décence de l'expoſé qui eſt ſous ſes yeux. Rapportons ici quelques phraſes de votre Journal, & nous trouverons que vos obſervations ſont preſque toujours le fruit de la prévention & de l'animoſité.

Ecoutons encore M. Berquin, tandis qu'il eſt ſur le trépied : car, en vérité, ce ton, quoiqu'il ne ſoit pas rare, ne laiſſe pas d'être curieux. Quelle plaiſanterie groſſiere ! que veut dire ce *trépied ?* Vous vouliez ſans doute ſaiſir l'alluſion d'une Sybille, ou de tout autre objet fabuleux : ... eſt-ce ainſi qu'on doit abuſer du droit de Cenſeur ?

Dans une lettre, en réponſe à celle de Monſieur P. D. d'O. C. qui vous demandoit votre déciſion au ſujet du pronom *il* & des relatifs *que* & *qui*, vous rapportez en exemple d'un défaut, cette *Epigramme très-connue, très-ancienne & ſouvent imprimée.*

Un jour, au pied de l'Hélicon,
*Un ſerpent mordit Jean F** ;*
Sçavez-vous ce qu'il arriva ?
Ce fut le ſerpent qui creva.

Il n'étoit certainement pas néceſſaire de la citer, puiſqu'auparavant vous aviez aſſez diſcuté la régle du pronom *il* & des relatifs *que* & *qui*; & malgré votre longue Epître, à l'occasion de la Lettre de M. Freron fils, vous n'avez point justifié la haine que vous avez contre Monsieur son pere & la satyre de votre citation.

Vous transcrivez, dans le Numéro suivant, la Lettre de l'Abbé D. V.; elle s'accorde très-bien avec le furieux ressentiment que vous avez voué de tout tems à M. Dorat: elle est même écrite du style qui vous est naturel: que de titres à vos yeux pour l'offrir à vos Lecteurs!

Il faudroit apostiller tous les jugemens de M. Rigoley, comme cette règle d'un ancien Ordre qui portoit: L'habit de nos Freres sera en blanc; & en marge, c'est-à-dire, noir.... Vous appellez le Temple du Goût de Piron, *une détestable ordure.... Le parti qui cherchoit à opposer à M. de Voltaire, tous les talens qui avoient quelqu'éclat, est réduit aujourd'hui à une douzaine de Barbouilleurs satyriques... L'importance qu'on voit que Piron a mise à tous les chiffons qui composent ses rapsodies, est une chose remarquable.... Le ridicule excès des louanges de M. Imbert, est plus fait pour nuire à la mémoire d'un Ecrivain, que pour l'honorer... Je ne dispute avec M. Imbert, ni d'injures, ni d'amour-propre.* Ces phrases sont tirées de l'extrait des Œuvres complettes de Piron, publiées par M. Rigoley... elles n'offrent que des ſarcaſmes odieux qui pénètrent tout homme ſenſé de la plus juſte indignation. Quoi! le Corps académique, dont la plus noble fonction ſeroit de maintenir au moins l'intelligence parmi les Hommes littéraires, ſouffrira qu'un de ſes Membres les plus chéris, ſouille ſa plume & ſa gloire, en inſultant à la mémoire de l'Auteur de Guſtave, de la Métromanie, &c ! Où donc eſt le frein que ſes loix devroient impoſer à la vengeance & à la fureur d'un Journaliſte ?... Pourſuivons.

A l'article du Journal des Théâtres, par M. Fuel de Méricourt, il eſt curieux de tranſcrire une riche comparaiſon... *Il eſt permis aux Charlatans de la Foire d'annoncer une merveille du monde, en montrant un animal eſtropié.* Qui croiroit que cet *animal eſtropié* eſt le Journal de M. de Méricourt, *le plus inepte Ecrivailleur*, expreſſion piquante!... *Sa maniere d'écrire* n'eſt pas *celle, je ne dis pas d'un Littérateur, mais d'un homme qui a reçu une éducation paſſable.* Sans doute vous ignorez que l'éducation eſt une partie des mœurs, & que *l'éducation paſſable*, que vous refuſez à M. de Méricourt, exclut, pour ainſi dire, en lui les bonnes mœurs... Ce n'eſt pas aſſez pour vous de la ſatyre des ouvrages; il faut que votre méchanceté, qui ne connoît nul obſtacle, s'en prenne même à la perſonne des Auteurs contre qui vous lancez les traits envenimés de la haine.

Au ſujet de *l'approbation pompeuſe*, dont M. Crébillon a *décoré* le premier Numéro du Journal des Spectacles, voici votre réflexion. *Lorſqu'après le ſuccès très-paſſager de quelques Brochures très-frivoles, on ſe trouve pendant trente ans oublié du Public, on a du foible pour ceux qui font métier de déchirer les talens & les réputations.* Ne parlons pas du ſecond membre de la période; arrêtons-nous au premier : le Public reconnoiſſant & éclairé n'a jamais été aſſez injuſte pour *oublier* M. Crébillon : la douceur de ſon caractere, la bonté de ſon ame, l'honnêteté de ſes procédés, lui ont toujours acquis l'eſtime & la conſidération dues à l'homme vertueux & intéreſſant. Il jouit, après ſa mort, des regrets de ſes Amis & du Miniſtre qui l'avoit honoré de ſa confiance. Il aimoit à encourager les talens, & ſes approbations étoient preſque toujours les préſages d'un heureux ſuccès : je fus témoin, il y a peu de tems, d'un trait qu'il eſt bon de rapporter ici. Un jeune Auteur ſoumit à ſa critique judicieuſe un petit Ouvrage; M. Crébillon le lut & lui dit : *Je ne trouve d'autre défaut dans votre manuſcrit, que la répétition trop fréquente du mot Boudoir..... Si vous voulez retrancher mon Boudoir*, lui répartit le jeune Auteur, *où placerai-je votre Sopha?* M. Crébillon fut enchanté de l'impromptu, & sur le champ lui permit de faire imprimer.

Un des Auteurs les plus maltraités dans votre Journal, est sans doute M. Dorat : c'est néanmoins un de ceux à qui vous devez le plus de reconnoissance. Presque tous vos Lecteurs sont instruits de la bonté avec laquelle il voulut bien vous recevoir chez lui, lorsque vous étiez presque sans ressources ; ils savent qu'il vous aida de ses conseils ; qu'il desira de vous réconcilier avec feu M. Freron ; qu'il fut, enfin, en quelque sorte, votre soutien & même votre Ami... Ils savent, de plus, que tandis qu'il vous traitoit avec bienveillance, vous composiez déja des satyres contre lui :

Vous avez tout trahi, l'honneur & l'amitié,
Barbare ; & c'est ainsi que vous l'avez payé.

Je suis fâché de vous rappeller ce souvenir & d'exprimer votre ingratitude en *Vers de votre Warwick* ; mais je dois cet éclaircissement à la partie du Public qui pourroit ignorer ces vérités, & à M. Dorat ce témoignage de ma considération... Revenons au sujet.

M. Dorat a déclaré depuis long-tems, en prose & en vers, sa prédilection pour le persifflage... Le style de M. Dorat *prouve évidemment qu'il écrit sans avoir rien pensé, sans pouvoir rien penser...*

Ce qui caractérise particuliérement les Ouvrages de cet Ecrivain, c'est un défaut de sens & de raison presque continuel, & dont on ne retrouve point l'exemple dans ceux de nos Auteurs qui ont le moins de réputation.... On est un peu étonné, peut-être, de voir les noms de M. Dorat & de Montesquieu à côté l'un de l'autre; mais M. Dorat nous accoutume aux choses étranges... Il y a des gens qui ne croiroient peut-être pas que les Réformes de l'Amour valussent la peine d'être imprimées; mais la touche de M. Dorat est toujours précieuse... Il y a quinze ans que M. Dorat écrit de ce style. Il est donc vrai qu'on peut pendant long-tems remplacer le talent d'écrire, par celui de faire parler en sa faveur toutes les voix que l'on peut gagner... Un esprit essentiellement frivole & faux, privé du don de penser, dénué d'étude & de réflexion, reconnu médiocre en tout, excepté dans le mauvais goût, naturellement ennemi de ce qui est bon, par cette antipathie qu'on a pour ce qu'on ne sauroit égaler... M. Dorat se cache aujourd'hui sous le nom de Pierre Bagnolet, nom fameux qui vivra peut-être encore, quand celui de M. Dorat sera à-peu-près oublié... Les Soupers de M. Fréron, que M. Dorat a tant loués, n'étoient pas bêtes. M. Dorat, quand il écrit, croit peut-être que rien n'est plus aisé; mais quand on le lit, on trouve que cela est fort difficile... Je demande pardon à mon Lecteur d'employer une demi-page à tranſcrire vos phraſes, qui ne valent certainement pas *la peine d'être imprimées* une ſeule fois... Je demande actuellement à tout homme raiſonnable, ce que ces *brûlots* ſignifient? Font-ils partie de l'extrait? ne ſont-ce pas autant d'outrages indécens, dictés par la haine la plus invétérée? ſont-ils du reſſort de la ſaine critique? croyez-vous ainſi nuire à M. Dorat? imaginez-vous que les perſonnes ſenſées ſont aſſez aveugles, ſur l'animoſité de vos décrets, pour fixer d'après vous leurs jugemens, & pour établir la réputation d'un Auteur aimable?... Ah! que vous vous trompez groſſiérement! Si votre but, en décriant les écrits des autres & en les inſultant, eſt de faire votre cour à vos Confreres Académiciens, contentez-vous de fulminer aux ſéances, & réſervez pour le Public, un jugement ſain & équitable... alors on pourra, au moins, excuſer votre ſtyle.

Vous venez de citer pluſieurs endroits de la Lettre de Mgr. l'Evêque de Leſcar, *monument du zèle évangélique & de la charité chrétienne.* Tout-à-coup... *Phraſiers ſecs & bouffis qui parlez ſans ceſſe de chaleur, la vôtre eſt dans votre tête; auſſi ne paſſe-t-elle pas dans notre ame. Vous croyez pouvoir échauffer votre ſtyle, quand votre cœur eſt ſtérile & glacé.* Mettez votre déclamation à côté des morceaux ſublimes de la Lettre Paſtorale, *monument de la charité chrétienne* : Quel contraste!

M. de la Mothe, gardez-vous de traduire Homère, car c'est le seul mal que vous puissiez lui faire... Esprit le plus anti-poétique qui ait jamais existé, M. de la Mothe anéantit Homère dans sa Version abrégée ; détruit tout ce qu'il touche... Il n'y a rien à répondre à cela... le mépris en pareil cas suffit.

Telles sont les expressions dont se sert l'Auteur du Journal de Littérature : il auroit été trop long de transcrire ici mille autres complimens de ce genre. Dans tous les articles qui concernent Messieurs Dorat, Fréron, l'Abbé Grosier, Imbert, Piron, &c. ce n'est point de la critique fondée sur des raisons de vérité, ce ne sont que phrases injurieuses, satyriques, pleines de fiel & de grossiereté : c'est ainsi que M. de la Harpe *étale* la grandeur de son *génie* & la douceur de son *ame*... C'est seulement dans *ces combats d'injures* qu'il est victorieux & rayonnant de gloire... C'est dans ces instans de frénésie, de fureur, qu'il s'applaudit & se *fait à lui-même l'illusion qu'il ne peut faire aux autres.*

Passons au quatrieme article.

ARTICLE IV.

Amour-propre.

L'AMOUR-PROPRE, qui, dans un Auteur, devient égoïſme & pédanterie ridicule, eſt ſans doute le vice le plus eſſentiel que puiſſe avoir un homme de lettres. Soumis, par ſa profeſſion, au Public qui le juge & l'apprécie d'après ſes ouvrages, il doit toujours être humble, & conſerver, dans ſes triomphes les plus flatteurs, un ton de modeſtie qui lui acquiert l'eſtime même de ſes ennemis, & donne un nouvel éclat à ſa réputation... Ces moyens de plaire & d'intéreſſer ſont d'autant plus ſûrs, qu'ils ſont aujourd'hui très-rares. Parcourons encore une fois votre Journal, & ne nous laſſons point de rapporter vos phraſes.

Au ſujet de la ſatyre du Comte de * *, par M. Robbé de Beauveſet, voici votre réflexion : *Beaucoup d'Auteurs attaqués dans cette ſatyre doivent à M. Robbé des remerciemens. Il les a mis en aſſez bonne compagnie.* Quelle eſt cette *aſſez bonne compagnie?* C'eſt celle de M. de la Harpe, de l'Auteur du Journal de Littérature... Je me rappelle d'avoir lu quelque part dans ce même Journal une *aſſez* longue diſſertation ſur la différence de ces deux mots, *flatter* & *louer* : *flatter*, disiez-vous, est *louer au-delà de la vérité.* Ne pourroit-on pas, à l'occasion de la phrase que je viens de citer, dire que vous vous *flattez assez bien* en vous nommant une *assez bonne compagnie ?*

L'Auteur des Vers sur la mort de S. A. I. Madame la grande Duchesse de Russie, a permis qu'on les imprimât dans ce Journal, d'autant plus volontiers que celui qui les transcrit ici, honoré lui-même des bontés de cette Princesse, devoit être plus empressé qu'un autre, d'être pour quelque chose dans le tribut que l'on paie à sa mémoire. Il est glorieux pour vous d'avoir été *honoré des bontés de la Princesse*; mais l'aveu de cet honneur est fort peu intéressant pour le Public, & ne peut passer que pour un effet de votre importance & de votre amour-propre.

C'est apparemment pour nous convaincre que vous entendez *assez* la Langue Italienne, que vous traduisez la Lettre de M. l'Abbé Perraux à M. de Voltaire, en lui envoyant son Roland Furieux, *en faveur de ceux qui n'entendent ni le Latin, ni l'Italien :* vous faites beaucoup d'*honneur* à ceux qui ont la bonté de lire votre Journal ; il falloit ajouter, *ni le François :* l'impertinence eût été complette.

Vous *flattez*-vous que le célebre Odieuvre, qui grave les portraits des gens illustres, gravera un jour le vôtre, afin qu'on *life avec plus de plaisir votre hiſtoire, lorſqu'on connoîtra vos traits?* ce ſeroit pouſſer un peu loin la prétention.

Mon avis, d'ailleurs, eſt celui de tant d'honnêtes gens! Ceci fait une queſtion, & le Lecteur la réſoudra facilement.

C'eſt dans Mélanie, dans l'Éloge de Fénélon, dans celui de Catinat, de Racine, de La-Fontaine, que j'ai parlé un langage dont il n'eſt pas donné à mes ennemis d'approcher jamais. Vous nous prouverez inſenſiblement que vous êtes le premier génie de l'univers, le ſeul qui ſache *penſer & écrire*: je ne ferois point du tout ſurpris que vous haſardaſſiez de nous le perſuader... Mais bien fou, bien aveugle ſeroit celui qui vous croiroit.

Un autre eſprit, ſans doute, un autre ton, une autre littérature dominent aujourd'hui dans ce Journal. Il ne m'eſt point permis d'examiner quels Numéros valoient le mieux, ou de ceux des années précédentes juſqu'au 5 août 1776, ou de ceux qui courent depuis cette époque. Mes Lecteurs & moi ſavons à cet égard à quoi nous en tenir : mais je puis vous demander quelle eſt la cauſe de l'énorme diminution des Souſcripteurs de ce Journal depuis le 5 août 1776? Il n'eſt pas difficile de s'en appercevoir!

d'ailleurs, il exiſte à préſent un objet de comparaiſon, & je laiſſe au Public à réſoudre le problême.

Dans votre analyſe des œuvres complettes de Démoſthène & d'Eſchyne, par M. l'Abbé Auger, au lieu de rapporter des fragmens de la traduction de l'Auteur, vous en rapportez traduits par vous-même... En vérité, vous êtes univerſel : Poëte, Hiſtorien, Panégyriſte, Traducteur, Journaliſte, &c... Chaque jour on voit éclorre en vous quelque nouveau talent... M. de la Harpe, ſecond Voltaire, grand Dieu!... La poſtérité, dans ſon étonnement, vous placera au rang des génies immortels.... On frappe à ma porte, j'ouvre, on entre, on lit ces derniers mots... Comment, s'écrie-t-on, antechriſt que vous êtes, vous prédiſez tout-à-coup la fin du monde, la chûte du genre humain!... Je me tais & je ris de l'exclamation.

Quoi! ce n'eſt pas *aſſez* de ſavoir le Latin & l'Italien... vous ſavez encore le Grec!.... vous traduiſez Homère, vous ſubſtituez même votre traduction à celle de M. de la Mothe! quelle fécondité!... ou plutôt ne ſeroit-ce pas un mérite de plus que vous voudriez vous faire aux yeux de vos Lecteurs?

Un bon Journal ne peut être fait que par un homme qui ſçait faire beaucoup plus qu'un Jour-

nal. Vous *faites* vous-même votre apologie, dans la crainte que tout autre ne voulût pas s'en charger. Moi, qui ſuis Auteur de Tragédies, de Comédies, d'Eloges, de Diſcours (& pas d'un ſeul Ouvrage utile), je ne *peux* aſſurément *faire qu'un bon Journal.* Telle eſt l'idée que préſente votre phraſe. La queſtion eſt de ſavoir ſi cette idée eſt priſe dans l'exacte vérité : c'eſt-là préciſément ce que je n'accorde pas... *Nego conſequentiam.* On pourroit nier auſſi un grand nombre d'autres preuves de votre modeſtie, & peu de vos Lecteurs s'y refuſeroient : mais en revanche, il ſeroit raiſonnable d'accorder, 1°. que votre maniere d'écrire péche ſouvent contre les premieres régles de la Langue; que votre ſtyle eſt *emphatique*, *rude*, *bourſoufflé*, *forcené*, & *dégénere en un galimathias inintelligible.* 2°. Que vos jugemens ſont preſque toujours dictés par l'eſprit de parti qui vous domine, ou ſe ſentent de la négligence la plus condamnable. 3°. Que ce que vous appellez vos *critiques*, ſont un tiſſu d'impertinences & d'injures groſſieres que votre fureur littéraire trame contre vos *ennemis.* 4°. Enfin, qu'on ne découvre, à travers vos ſatyres, que des éloges outrés que votre amour-propre & votre égoïſme inſupportable ſe permettent à chaque inſtant, en vous donnant, vous ou vos ouvrages, pour objets d'une comparaiſon qui ne peut néanmoins vous être que très-défavorable. Finiſſons cet article en vous citant l'Epigramme de Rouſſeau qui peut très-bien vous convenir.

Petit Auteur d'un fort mauvais Journal,
Qui d'Appollon vous prétendez l'Apôtre,
Pour Dieu, tâchez d'écrire un peu moins mal,
Ou taiſez-vous ſur les écrits d'un autre.
Vous vous tuez à chercher dans les nôtres
De quoi blâmer, & l'y trouvez très-bien :
Nous, au rebours, nous cherchons dans les vôtres
De quoi louer, & nous n'y trouvons rien.

Point de rancune, cher Ami, je ne fais que vous rendre la pareille... Allez tranquillement paſſer quelques heures de méridienne dans votre fauteuil académique : allez jouir du repos que vous & vos Confreres goûtez au ſein de la molleſſe : ſiégez tous, Membres d'une illuſtre Compagnie, à l'ombre des lauriers & des palmes qui couronnent vos têtes ſuperbes.

J'ai bien l'honneur d'être, très-féal & cher Ami,

Votre très-affectionné & très-fidèle Serviteur,

DAVID ***.

www.ingramcontent.com/pod-product-compliance
Ingram Content Group UK Ltd.
Pitfield, Milton Keynes, MK11 3LW, UK
UKHW021144220726
13924UKWH00003B/1010